이 차는 어디로 갑니까

오성인

시인의 말

나이를 먹는 일은 진화의 일종일까.
어른이 되려면 슬픔을 먼저 이해해야 했다.

슬픔을 외면한 대가로 불면에 시달릴 때마다
아직 꺼내 놓은 적 없는 죄책감들을 뒤적였다.

잠은 죽음에서 파생된 말이라고 생각했다.
이것은 고요가 일찍 내려앉는 도시에서의 기록.

2023년 여름
오성인

이 차는 어디로 갑니까

차례

1부 서랍 안의 여름

2부 구름과 숲이 서로의 기분을 이해하며

3부 서서 우는 자들의 도시

4부 죽은 별을 세던 벤치

해설

1부

서랍 안의 여름

담

내 안에 담을 쌓아 둔 적 있었다

집으로 돌아가기 위해 또래 아이들과
이웃집과 우리 집을 가로지르고 있는
담을 넘었다 그러면 골목길 서너 곳을
돌아가지 않아도 되므로

키보다 높은 그것을 넘다가
그만 중심을 잃고 곤두박질쳤다

순식간에 얼굴 반쪽이 피로 물들고

집에 일찍 들어가려던 나는 동네 주변을
맴돌다 날이 저물고 나서야 들어갔다

분명 노을은 졌는데 보이는 장면마다 붉고

피투성이 된 얼굴에 수시로 밀려드는

통증보다 너 얼굴이 그게 뭐니 어쩌다
그렇게 됐니, 라는 물음에 어떤 대답을
해야 할지 몰라서

담 하나를 쌓고 거리를 두었다

담은 다만 집으로 일찍 들어가기 위한
지름길이었을 뿐인데

담을 넘는 일을 부끄럽게만 여겼던

나는 매달려 본 적 없는 운동기구와
만난 적 없는 새에 대해 이야기했다

그사이 점점 높고 견고해진 담장

가을이 되어서야 낙엽처럼
얼굴 반쪽이 떨어져 나갔지만

담은 허물어지지 않고 남아 있었다

시기동*

하는 일마다 여간 풀리지 않았던
아버지는 라면으로 자주 끼니를 때웠다

거대한 바위에 짓눌린 것처럼 오늘따라
속이 답답하고 무겁다

얼큰한 국물을 끼얹으면 내려가려나

라면이 다 떨어졌으니 늘 먹던 것으로
가서 몇 봉지 더 사 오라는

아버지 심부름을 다녀오는 길에
병설유치원과 집 사이 웅덩이에 빠졌다

입과 코로 들어오는 물을 연신 뱉어내며
정신이 아득해지는 사이 짙은 그늘이
서서히 아버지를 삼키고 있었다

사람들의 도움으로 간신히 빠져나왔지만

더운 날씨에도 젖은 몸은 쉽게 마르지 않고
웅덩이 악취가 며칠간 가시지 않았다

그래도 다행히 라면은 잊지 않고 사 왔는데
아버지는 일어나지 않았다

자주 드시던 라면 여기에 있는데 점점
물기는 마르고 냄새도 사라지는데

라면 사 오다가 빠졌던 웅덩이에 다시 가서

돌을 던지고 흙을 뿌렸다 기분이
쓸쓸해지지 않을 때까지 앉아 있었다

좁고 굽은 길을 걸어 돌아오는
아버지를 하염없이 기다린 여름날이었다

* 전라북도 정읍시의 행정동.

국민학교 3교시 미술 시간
—철희 삼촌

삼촌이 점점 지워지고 있다 그러니
서둘러 가서 지워진 부분을 그려 주자

한 번도 가 본 적 없는 북녘 모습을
떠올리던 국민학교 봄 미술 시간이었다

무슨 꽃이 필까 거기에는
사람들은 어떤 색을 좋아하나

다르지 않겠지 우리처럼 곧 소풍도 가겠지

빈 도화지에 지도를 크게 그리고 그 안에
다시 얼굴을 채운 다음 중간에 선을 그어야 하나

말아야 하나 고민하고 있는데
급한 걸음으로 학교에 온 엄마가 나를 불렀다

삼촌이 지워지고 있다 거짓말처럼

희미해지고 있다

지도 안의 사람들과 꽃을 미완성으로 두고

삼촌이 있는 고향집으로 내려가는 동안
다 그리지 못한 그림을 생각했다

꽃은 시들지 않을까 사람들은 별일 없을까

중환자실에서 지나가는 계절처럼 누워 있는
삼촌에게 무슨 색을 좋아하냐고 물었더니

빨간색이 마음에 든단다 삼촌은

빨간색은 더럽지도 나쁘지도 않아
살아 있는 것들은 빨갛다 피도 사과도 원숭이도
살아 숨 쉬고 있지 빨간색을 좋아하는 건

결코 잘못이 될 수 없다 나는
불순하지 않다

학교에 돌아가면 빨간 꽃을 그려야겠다고
그림을 완성하면 갖고 오겠다고

말하는 나를 반만 남은 몸으로 안아 준 삼촌은

내가 그린 그림을 보지 못하고 영원한
잠에 들었다 그사이 첫 미술 시간은 지나가 버렸고

그해 여름방학에 그림을 다시 그렸다 빨간 꽃과
삼촌 잠 속에서 무르익었을 봄을 그렸다

오랜 미술 수업이었다

수도권 지하철 노선도

아버지는 자신의 목구멍을 오르내렸다
하루도 거르지 않고

동이 트기 전에 나갔다가 굽은 밤의 등에 업혀

돌아왔다 종종 물건을 하나씩
집에 두고 갔지만

속내는 깊숙이 감춰 두고 일절 내보이지 않았던

아버지는 눈과 코와 입 중 하나만 슬쩍
보여 주거나 어떤 날에는 아예 손조차도
잡아 주지 않았다

여기 어딘가 아버지 흔적이 있을 테니까
잊어버리지 않게 역 이름을 외워 두어라

가까우면서도 먼 아버지를 찾아

옥수역으로 내려가는 전철 안에서
어머니가 말했다

창동 성북 회기 어젯밤과 오늘 아침
아버지가 지나간 역들을 차례로

짚어 가는 동안

그늘에 삼켜져 어둡고 늘 밖으로 맴돌고
피 묻은 기억에서 좀처럼 벗어나지 못했던
아버지가 창밖으로 지나갔다

너무 빨리 지나가는 아버지를 잡으려다
열차와 승강장 사이에 발이 빠질 뻔했던

그날 밤, 옥수역에서 의정부로 돌아가는
길이 퉁퉁 부어오른 목구멍 같았다

아버지가 주저앉아 울고 쓰러져 거친
호흡을 하던 자리를 거듭 드나들고 나서야

간신히 아버지를 이해할 수 있었다

겨울 유산

창문을 통해 누군가 자꾸만
나를 엿보고 있는 것 같아

두렵다 한시도 마음을 놓고
이야기할 수 없다

꼬리도 없는데 꼬리뼈가 욱신거려

불안한 아버지는 창문을 없애고
공기만 겨우 드나들 정도의
틈새만 남겨 두고 방문을 열고 닫았다

한낮에도 볕이 들지 않아서 아버지 방은
언제나 어둡고 서늘했는데

아버지는 숨는 데 자주 실패했다

애야, 저기 문에 귀가 붙어 있으니

얼른 떼라 시간이 뒤죽박죽되어
없는 죄가 씌워지기 전에 올가미에
발이 걸려 거꾸로 매달린 산짐승처럼
옴짝달싹 못 하기 전에

유서 깊은 잔혹극이 막을 내려야 할 텐데

그늘진 표정의 아버지는 떨리는 목소리로
물려줄 것이 겨울밖에 없어서 미안하다고

나를 밀어내려 애썼지만 나는 좀처럼
마음을 놓지 못하고 오랜 겨울을 살고 있는
아버지에게 뿌리보다 깊고 질긴

심장을 밀어 넣었다

처음 그린 그림
―구월동*

대학에서 미술교육을 전공한 엄마는
내 또래 아이들에게 그림 과외를 했다

과외가 진행되는 동안 나는 빈
도화지가 되었는데

지루하고 쓸쓸할 나에게 엄마는 네발
자전거를 사 줬다

보조바퀴는 내 다리이자 눈이다

항상 옆에 있다고 다독인 뒤 여느 때와 같이
엄마가 과외를 하는 사이 나는 혼자
자전거를 타다가 속도를 줄이지 못하고
집에서 가까운 상가 앞에서 자전거와 함께

넘어졌다 찢어진 이마에서 붉고 따뜻한
액체가 쉴 새 없이 흘러나왔다

물감처럼 흘러나와 고인 다량의 피는
스스로 그림을 그렸다 기린이 되었다가
기린이 숨은 숲이 되었고 다시 숲에서
새가 되어 하늘로 날아올랐다

연락을 받고 사고가 난 곳으로 엄마가
달려올 때까지 나는 시시각각으로 변하는

그림을 보면서 그림 속으로 들어가고 있었다

어렸을 적
처음으로 그린 그림이었다

* 인천광역시 남동구에 있는 행정동.

뼈에 사무친 말

어디를 가서 어떤 장소가 되었든 누구를
만나게 되거든

나에 관한 이야기는 절대로 꺼내지 말아라
숨이 끊어진 지 이미 오래다 나는
죽었다는 말이다

한집에 사는 식구와 일부 친지들을 제외하고

아버지는 일체 사람들을 만나려 하지 않고
특별한 일이 없는 한 외출하지 않았다

밥을 먹고 물을 마시고 잠을 자는데
아버지는 살아 있는데

이해할 수 없었다 왜 아버지는 죽어야만
하나 죽은 아버지를 나는 받아들여야 하나

모르는 나에게

아버지는 안녕하시니 어디에서 지내고
무엇을 하시니

그 사람 못 본 사이에 많이도 늙었겠구나

오랜만에 우연히 만난 삼촌들이 아버지의
근황을 묻는데

아버지는 죽었습니다, 라고 나는 차마
대답할 수 없고 아버지는 아직 죽지

않았습니다 아버지처럼 살고 싶지 않아요

라고 말하며 아버지를 죽음에서 떨어진 장소로
옮긴다 아버지는 살아 있으므로

물렁하고 빈틈 많은 내 뼈 안에서 날마다
아버지 안의 죽음이 울고 있다

죽은 아버지가 울 때마다 뼈가 욱신거린다

고백

건물 높은 곳에서 뛰어내리고
발이 닿지 않는 호수에 몸을 던져도

몸은 마음대로 부서지지 않고

아무 일 없었다는 듯 침묵으로
굴곡진 시간을 지나온 아버지는

치아가 얼마 남지 않은 요즘

부쩍 이야기가 늘었다 썰어서
넘기기 편하게 가위로 반찬을

자잘하게 자르고 다지는 동안

아버지가 여러 갈래로 나뉜다
모나거나 둥글거나 촉촉하거나 건조한

조각들이 모인다, 이것은

아무리 주무르고 헹궈내도
형태만 남은 채 지워지지 않는
핏자국처럼

나에게서 한시도 떠나지 않았던
아버지의 비명

행방을 알 수 없는 난파선과
한밤중 사라진 방망이들에 대해

고백하고 나면

형체를 알 수 없는 얼굴이 다가와
그러나 누구인지 알 것만 같아

자르고 다진 반찬처럼 몸을

뒤척이는 아버지

유실된 소리들을 담는 밤이 시리다

서랍 안의 여름

서랍을 열자 아버지와 어머니
얼굴이 어제 아침처럼 선명하다

어머니 비명이 밀려왔다 밀려가면
이윽고 아버지 상처가 밀려들었다

후덥지근하고 가끔 구름이 많아
흐리고 아예 바람 한 점 없기도 했던

서랍 안 여름에서 조개껍데기를 줍다가

그만 손을 찔리고선 연신 솟구쳐 오르는
피를 아픈 줄도 모르고 멀거니 바라보는

내가 점점 두꺼워지는 노을 속으로
걸어가고 있다

어디에서 와서 어디로 빠져나가는지

모르는 노을을 헤매는 동안 통증은
사라지지 않고

우는 일에 익숙하지 않은 내 옆에서

아버지가 바다의 말을 통역해 주고
어머니는 노을의 행선지를 일러 주다가

부딪쳐 포말을 일으키기도 했다

서랍 안의 여름을 이해하고 나면
다른 계절들이 다투어 쏟아질 것이다

의류 수거함

해져서 더는 입지 못하게 된 바지를
의류 수거함에 넣는다

나는 닳으려면 아직도 멀었는데
분명 나보다 늦게 만들어졌을 바지가

서둘러 나를 먼저 벗어 버린다

밝을 때나 어두울 때나
우울하거나 즐거울 때에도

어김없이 즐겨 입고 아무렇게나
걸어 놓아도 금세 찾을 수 있었던 바지

어떤 날은 너무 추워서 숭숭
찬바람이 들어오고 어떤 날은
너무 더워 고인 땀이 좀처럼
배출되지 않아서 끕끕하기도 했지만

한 벌만으로도 충분히 넉넉하고 든든해서

수건 대신에 젖은 손을 말리거나
과음한 뒤 한바탕 토를 쏟았거나
억울하고 속상한 마음을 파묻고
소리 죽여 울기도 했을 것이다

나는 바지를 믿고 있었으므로

함께했던 나날들을 남겨 두고
의류 수거함 안으로 들어간다 바지는
나를 벗어서 가벼워질 것인가

입고 있는 것이 많은 나는 몸이 무거운데

안부

워매 워매 워매 아이, 시방 이게 누구여븐당가요 오
병장님 아니싱게라 나요, 나 모르시겄소 자나 깨나 일
거리에 시달리기 일쑤인 악명 높은 일군단 그 중에서
도 허벌나게 뼈 빠질 뻔했던 수송부 후임 최 일병이랑
게요 설에 비하믄 눈곱만 하제만서도 광주 바닥에서
요로코롬 만날 줄 누가 알았겠소 하이간 어쩨 그간 안
녕하셨소 오 병장님이 아들내미라구 말이믄 말, 마음
이믄 마음 모자르지 않게 써 준 덕에 혹독한 시절 참말
로 암시랑토 않게 보낼 수 있었구만이라 아따, 그나저
나 그때 생각만 하믄 지금도 가슴 철렁하고 식은땀 흘
러브요, 아 떨어지는 낙엽도 조심해야 쓰는 말년 때 가
을날 아니었소 다른 전우들 군 생활 스트레스까지 일
거에 날려 버리는 홈런이었는디 하필이믄 방망이란 놈
이 포수 보던 후임 얼굴에 날라가븐 게 뭔 일이었당가
요 그게 일부러 그런 것도 아니었는디 소식 듣고 다음
날 부랴부랴 올라온 그 사람 부모가 다짜고짜 오 병장
님더러 빨갱이라고 불순분자라고 뒷조사해 보라고 난
리 부르스를 쳤었제라 멀쩡한 이가 부러졌응께 오죽

했겄소만 빨갱이가 뭐다요 보는 눈들이 있는디 지금도
엊그제 일맹키로 생생하요 어떻게 잊어블겄소 생사람
잡을라구 발악을 해싸는디 인자는 숨 쪼까 트이제만
서도 그때나 지금이나 시상이 별반 뒤집어진 것 같진
않으요 마음에 찬바람 들믄 연락 주쇼 잘 살아있능 거
알았으니 술 한잔해야제라

수송부

차량 대부분은 나보다 나이가 많았다

한 번도 가 본 적 없는

검은 대륙의 소말리아와 앙골라
서사하라와 같은 나라들부터
사우디아라비아 아랍 에미리트
이라크 물기가 거의 없어

발음하면 까끌한 모래 입자가
혓바닥 위에서 뒹구는 것 같은 나라까지

다녀왔을 법한 차량들 그 중에는 한밤중

부대 근처 야산에서 벌목해 와서
밤낮 정신없이 깎고 다듬어낸
기다랗고 단단한 나무들을

쥐도 새도 모르게 어디론가 옮기고선
끝내 입을 열지 않는 것들도 있었을

수송부 차량은 해마다 늦은 가을 무렵
전투장비 지휘검열 때마다 대대적인

정비에 들어갔다

구두약을 듬뿍 발라 타이어와 호루*를
시커멓게 만들거나 눈에 띄지 않는
차량 하부에 물을 부어 먼지를 씻었는데

칠하고 씻어내도 숨겨지지 않는 것이 있다
나보다 나이 많은 차량들을 점검하면서

보이는 일과 꾸미는 일이
서로 멀지 않다는 것을 알았다

* 호로라고도 함. 군인들이 자동차를 덮는 천막(방수포)을 가리
킬 때 쓰는 말이다. 포장, 덮개 등을 의미하는 일본어의 '호로(ほろ,
幌)'에서 유래했다.

잘 지내시지요

한동안 이렇다 할 소식 없이 비어 있던
옆집이 인테리어 공사로 소란스럽다

원래 살았던 집주인이 돌아온다는데

아저씨는 어디 가셨는지요 인상이
참 맑고 선하셨는데 엘리베이터에서
이야기 나누면서 많이 웃다가 울었는데

아저씨도 잘 지내시는 거지요

내가 묻자 오랜만에 만난 아주머니가
시공하는 소리를 비집고 말해 준다

그럼요 아주 잘 지냅니다 그 사람
이제 영영 아프지도 않고 슬프지도
않을 거예요

화를 낼 일도 없고 누군가를
미워하지도 않겠지요

하늘에 있거든요 코로나에 걸렸다가

후유증으로 간 지 얼마 되지 않았어요
다시 집에 들어가서 손때가 묻은 물건들을
보게 되면 이따금 생각날지도 모르겠는데

기억에 가둬 놓지 않으려고 정리 중이에요

쉴 새 없이 박고 칠하고 두드리는 소리가
전기 기사였던 아저씨의 마지막 말처럼 들렸다

2부

구름과 숲이 서로의 기분을 이해하며

꿈

죽은 반려견 둘이 번갈아 가며 꿈에 나온다

길고 하얀 털의 몰티즈와
희고 곱슬곱슬한 털이 난 푸들이었다

보낼 준비가 되지 않았는데 함께 있으면서도
어디가 아픈지 모르고 있었는데

십 년 넘는 시간을 동고동락하던 중
갑작스레 건강이 악화되어 죽었다

어제 새로 밥과 물을 갈아 주었는데
방금 전만 해도 곱게 목욕도 하고 장난도 쳤는데

구멍 난 마음이 메워지지 않는다

사람과 다름없었던 아니, 사람보다 나았던 이들을
집에서 멀지 않은 호숫가와 자주 다니는 밭 근처

산속에 묻어 주었는데

이상하게도 이름만은 묻히지 않고
밥과 물과 장난감처럼 갖고 놀던 개껌에
강력 접착제라도 발라 놓은 듯 잠시도
떨어질 줄을 모르던 푹신하고 아늑한
거실 방석에

두 반려견이 온순하게 앉아 있다

분명히 떠났는데 이름을 부르자
평소처럼 달려와 덥석 안기는 둘은
내가 어떤 기분인지 말을 하지 않아도
어제 오늘 무슨 일이 있었는지 알아보는데

나는 무슨 음식이 해롭고 이로운지
몸이 어디가 불편한지 아직도 모르고 있다

여전히 마음의 준비를 하지 못하고 있다

구멍 난 마음으로 반려견들이 다녀간다
문을 열면 금세라도 눈을 마주할 것 같은

사람보다 나은

열쇠

아버지는 안에 있었지만

집에 들어가는 일은 녹록하지 않았다
늘 아버지는 굳게 잠겨 있었으므로

하루치 그림을
다 그리지 않은 엄마는 아직 멀리 있어서

나는 아버지를 열 수 있는 방법을 물었다

언제부터 아버지는 잠겨 있습니까
어떻게 하면 아버지를 열 수 있나요

떨어져 있는 엄마를 대신해 네가
아버지의 낮과 밤을 그려 주어라

그러면 잠긴 아버지가 떠오를 거다

할머니 할아버지의 말을 듣고 나는
해와 달을 그려 깊은 잠을 꺼냈다

그러자 그 속에서
천적에게 들키지 않으려 아르마딜로처럼

몸을 웅크린 아버지가 보였다

낮도 밤도 아닌
환하지도 어둡지도 않은 아버지를 위해

나는 깊고 안락한 구덩이
하나를 그렸다

그제야 아버지가 열렸다

낚시

아버지는 어린 나와 동생을 데리고
자주 낚시를 다녔다

세간에 알려지지 않아서
인적이 드문 저수지가 대부분이었다

사람 손을 많이 타지 않아서
수질은 기똥차게도 맑은데

틀림없이 비밀스러운 일들이 있었겠다

바람이 일으키는 파문을 보며
아버지는 중얼거렸다

아버지 말의 의미를 짚어 보려고
허공에 손을 휘젓는 어린 우리 옆에서

아버지는 떡밥을 뿌리고 낚싯대를

던졌다

공양이다 방금 뿌린 건 죄 많은 몸이다

먹성 좋은 블루길과 배스가 아버지를
잡아먹고 자주 올라왔고

어떤 날은 아예 입질조차 없었다

더 이상 뿌릴 몸이 남아 있지 않을 때
아버지는 낚싯대를 거뒀다

아버지 안에서 오랜 비밀이 파닥거렸다

하관

시끄럽다

외할머니가 마지막 숨을 쉬고 있는
방 옆에서 아직 죽음이 생소하기만 한
나는 사촌 형제들과 장난을 치며
큰 소리로 떠들고 있었다

조용히 해라 조용히

쉿, 외할머니가 많이 피곤하시단다
주무셔야 할 것 같으니 소리를 낮춰라

신신당부를 건넨 엄마가 방으로 건너가고

다음 날 아침
구덩이 주변에 모인 어른들은
흰 천에 덮인 긴 상자가 내려가는
모습을 보면서 흐느꼈다

아니, 비가 내리고 있었을까 안개가
짙고 두꺼운 장막을 치고 있었고

무슨 일이에요 어제
외할머니는 편안히 주무셨어요 그런데
왜 보이지 않아요 어디 가신 거예요

묻는 나에게 외할머니는 오래
주무실 거라고 그것은 너의 잘못이 아니라고

이불을 덮어 드리자고 엄마는 내 손에
흙을 가득 쥐여 주었다 축축하고 따뜻한

촉감이 잊히지 않는다

김성인피아노

입 다문 셔터 뒤에서 소리가 난다

어떤 소리를 놓치게 된다면
영영 하루가 저물지 않을 수도 있단다

나와 이름이 같은 피아노 학원
원장은 보이지 않는 것을

잘 보기 위해서는
소리를 이해해야 한다고 말했다

소리는 높거나 낮은 게 아니고
무겁고 가벼운 것도 아닌
깊어졌다가 얕아지는 거다

어제는 깊은 소리에 손을 담갔으니
오늘은 얕은 소리를 향해 걸어가자

간혹 건반과 건반 사이에서 망설일 때

무슨 일이니 소리가 부딪힌다
깨지고 있다 소리는 섞이는 거다

소리 안으로 다시 다녀오거라

원장은 내가 깜빡 지나쳐 버린
부분을 수시로 짚어 주었다

보이지 않는 것들을 이해할수록
시간이 빠르게 지나갔다

도시6
—이주민

남평 정류장에 버스가 멈추자
서둘러 한 사람이 다가와
묻는다 이 차는 어디로 갑니까
상행입니까 하행입니까
다른 승객의 승하차를 살피는 기사 대신
내가 고작 알고 있는 단어 몇으로 알려 주자
그는 조심스럽게 차에 올랐다

버스가 진월동으로 향하는 동안 그는
흔들리는 눈으로 자주 고개를 돌려
노선도를 살피고 이따금 내 쪽을 바라본다
그의 눈 안에 있는 도시도 따라서 흔들린다
버스는 대강의 짤막한 외국어로 길과 위치를
안내하고 있지만 나는 그가 마음을
놓지 못하고 있다는 것을 안다

옆집에 이사 온 지 삼 년이 된
네팔 부부도

저렇게 꼭 마음을 두지 못하고
흔들려서 매번 아침과 저녁을 태우곤 했다
그럴 때마다 나는 그저
음식 냄새가 좋다고 한 번도 만난 적 없지만
어쩐지 오래 알고 지낸 것만 같은 사람들이
생각난다고 말해 줬는데

어느 사이에 간격이 넓어진 도시는
몇 마디 말로 쉽게 좁혀지지 않는다
서성이는 마음들이 모여 함께 밥을 먹고
흔들리는 목소리로 인사를 건넨다
한때 나를 살았던 도시가 흔들리면서
멀어지고 있다

쌍둥이

벌교에서 멀지 않은 고흥
어디쯤 바닷가였다고 했나

호랑이 둘이 풍랑경보가 발효된
먼바다처럼 포효하고 있었는데

배가 고파져서

하나는 엄마의 머리를
다른 하나는 나머지 몸을

걸신이라도 들린 듯 먹어 치웠는데

일찌감치 배가 부른 한 녀석은
게을러져 드러눕고

머리만 먹어서 성에 차지 않은
다른 녀석은 집요할 정도로

먹이를 찾는 데에만 혈안이 돼 있었다

게으르다가도 가끔
신경이 날카로워질 때가 있는 놈이
집요한 놈과 서로 할퀴고 물어뜯었다

그럴 때마다

애꿎은 나뭇가지가 부러지거나
피 냄새를 맡은 포수들의 추격을
받기도 했다

같으면서도 달랐다

프라모델

새벽에 나가서 밤이 이슥해져서야
돌아오는 아버지와 라이터를 조립하며
적막한 오후를 채웠던 엄마는

자주 불협화음을 냈다

구름을 몸에 두르고 있는 아버지와
풀숲을 은신처로 둔 엄마를

이으려 나는 설명서를 펼치고

구름이 흘러가는 속도와
광합성하는 숲의 소리를 따라

반쪽짜리 머리와 손과 발을 맞췄다

이 부분은 구름이 짙고 두꺼워서
부러질 것 같다 저 숲은 너무 우거져서

생육에 지장 없을 만큼만 베어내야 하고

불필요한 부분을 덜어낸

구름과 숲이 서로의 기분을 이해하며
섞였다 새벽의 언어를 가진 아버지가
적막한 오후의 엄마에게 손을 내밀었다

내일은 바닷속에 잠긴 엄마와
불에 타고 있는 아버지를 이을 것이다

경우에 따라 설명서 없이도 맞출 수 있었다

도시7
—폐점포

닫는 문이 늘어난다

불황에도 한결같은 손맛을 자랑하던 백반집과
크고 작은 대회에서 실력을 뽐낸 검도관이
셔터가 올라가지도 않았는데
이른 아침부터 환자들이 줄을 서던 치과가

차례로 문을 닫았다

그럼에도 아직 도시에는 사람들이
있다 배가 고프고
체격이 작고 연약하고 별것 아닌
통증에도 크게 몸을 휘청이며 쓰러지는

사람들이 있다

닫힌 건물 사이에서 나는
만나는 사람들에게 안부를 묻는다

식사는 하셨습니까
오늘은 몸이 좋아 보이는군요
아픈 곳은 좀 어떻습니까
특별하지 않지만 굳게 걸어 잠근
마음을 흔드는 말들

말은 살아 있으므로 도시는 따뜻하다

사라질수록 더욱 선명해지는 소리와
짙어지는 냄새를 맡으면서

도시를 걷는다 나는
닫히지 않았다

도시8
—빈집

길 건너 사람이 살고 있지 않은
빈집에서 화재가 발생해 출동한 소방관들이
물을 뿌리고 있다

불이 들어오지 않은 지 오래인 집을
집보다 큰 몸집으로 집어삼키는 화마

저 안에서 사람들이 금방이라도
울부짖으며 뛰쳐나올 것만 같은데

빈집은 한때 사람들이 살았던
흔적마저 지우면서 불타고 있다

남은 것이 없을 때까지 태우고 나서
불길은 잡히고 신음처럼 피어오르는
연기 뒤로 소방관들이

안에 누구 있습니까 살아 있습니까

불러 보지만 빈집은 대답이 없고
사람이 없어서 다행이라며 현장을
정리하고 장비를 챙긴 소방관들은

돌아가는데

발길이 떨어지지 않는 나는
아직도 뜨거운 빈집을 바라보고 있다

날이 저물어 도시의 불이 꺼진 뒤에도
다행스럽지 않은 마음이 떠나지 않는다

짬짜면

건조한 목구멍에 윤을 내고
얼큰한 국물로 헝클어진 기분도
풀고 싶어서 나는 점심 메뉴로
짬짜면을 고른다

그런데 없다

칸막이가 없는 그릇 안에서
짜장면과 짬뽕이 마주 보고 있다

막혀 있지 않아서
나는 고민할 틈도 없이 둘을
섞는다 동쪽에서 서쪽으로 다시
남쪽에서 북쪽으로 혹은 시계와
반대 방향으로

원래 모습이었던 것처럼
아무 일 없었다는 듯이

짜장면과 짬뽕이 비벼지는 동안

어제의 나와 만나기로 한
내일의 네가 함께 섞인다

등을 돌리고서 한동안 말이 없었던

아버지와 어머니가
울분과 슬픔을 나눠 가진다

어느 방향이든
망설이지 않고 다가설 수 있다

이사

광주에서 태어나

벌교 순천 정읍 인천 의정부 창원을 거쳐
다시 광주로 돌아와서

광주를 알고 광주와 가까워지기까지

나는 수수께끼의 사람 억양이 왜
그 모양이니 그건 들어 보지 못한 말인데

궁금해하며 다가오는 또래들을

경계했다 꼬리를 흔들며 얼굴을 핥는
강아지를 이해하지 못하고 발톱으로

냅다 할퀴는 고양이처럼 행동하고

엄마에게 물었다 나는 왜 광주에서

태어났는데 광주에서 자라지 않았나요
무슨 일이 있었던 건가요 광주와
가까워지려면 어떡해야 하나요

지나온 도시들의 거리만큼 광주에게
다가가 손을 내밀어라

광주와 가까워지기 위해 네가 지냈던

도시들을 일부러 버리지 않아도 된단다
그것이 광주를 사랑하는 일 광주에서

사는 일, 광주를 이해하는 일

집을 자주 옮겨 다니게 된 이유를
알게 될수록 광주와의 거리가 좁혀졌다

심부름

면목이 없다 나처럼 살지 말아라 절대로
나를 닮아서는 안 된다

일체 곡기를 끊고 소주로만 속을 채웠던

아버지는 심부름을 보내며 나에게
신신당부했다

남은 돈은 너 쓰려무나 하고 싶은 일
하고 갖고 싶은 것 있으면 사려무나

나처럼만 되지 않는다면 말이다 나처럼만

소주를 사러 가는 동안
아버지처럼 되지 않을 거예요 고작 몇 푼
안 되는 돈으로 아버지는 될 수 없겠지만

아버지처럼 살지 않을 거예요

그러려면 곡기를 끊은 아버지에게
소주 대신 밥과 반찬을 사 드려야 하는데

그것이 아버지처럼 살지 않는 것인데

알면서도 아버지 부탁을 거절하지 못하고
나는 결국 소주 서너 병을 사서 돌아간다

술을 사고 남은 몇백 원으로 어떻게 하면
아버지처럼 되지 않을 수 있을까

골몰하는 사이

나를 기다리다 빈 병처럼 누워
쓸쓸히 잠든 아버지에게 이불을 덮어 주었다

노래방

만취한 아버지는 어린 우리 형제를
데리고 자주 노래방에 갔다

가장 먼저 철이 지난 바닷가를 거닌

아버지는 고래를 사냥한 뒤
어김없이 아침 풀잎에 맺힌
이슬로 목을 축이고선

빗나가는 음정과 흔들리는 발음으로

언제 어느 때든 상록수는 푸르다고
말하지 않아도 아는 사실을
지루할 정도로 이야기했다

아버지 애창곡 속의 세상과
사람은 모두들 불안에 떨고 있거나
애달픈 사연을 지니고 있었는데

노래를 부르는 아버지는 흥겹고 유쾌했다

그늘 안에만 웅크려 있던
아버지가 유일하게 밖으로 나오는 때였다

노래방 시간이 모두 소진되어서

다시 아버지가 그늘로 들어가 버릴까 봐
나와 동생은 노래가 끝나지 않았으면 했다

집으로 돌아가면서 아버지를 따라
노래를 불렀다

음정과 박자가 어긋나도 즐겁기만 했다

설문

둬야 할 곳을 찾지 못해서 꿈을 대신
짊어지고 다닌 적이 있었다

관심이 있거나 특별히 좋아하는 일이 있습니까

새로 학기가 시작되어 무엇이 되고 싶느냐는
설문지에 물건을 새로 만들고 짝을 맞추기를
좋아하던 아버지는 과학자가 좋겠다고 했는데

오래 사용한 물감 용기처럼 곳곳이 찌그러지고
새는 곳이 많은 엄마는 만화가가 어울린다고 했다

내가 무엇을 좋아하고 어디에 자주 이끌리는지

모르는 아버지와 엄마의 꿈을 적어 넣었다
내 것이 아니라서인지

나는 길 아닌 곳으로 가다가 다치기 일쑤였다

어제는 팔꿈치에서 피가 많이 나왔는데 오늘은
무릎이 살짝 아프기만 하고 피는 나지 않아요
간혹 피는 소리를 지르며 빠르게 달려가거나
천천히 걸어가기도 해요

상처를 읽고 쓰는 데 소질이 있구나 너는
글을 써 보면 좋겠다 단, 통증은 누구에게도 먼저

보이거나 고백하지 말고

국어 선생의 말을 듣고 내 것 아닌 꿈 대신
내 것이 될 수도 있는 상처들을 짊어졌다

누구보다 피의 언어를 잘 해독하고 싶었다

3부

서서 우는 자들의 도시

늑막염
—금서 목록*

오른쪽으로 마음대로 돌아눕지 못하는
겨울이었다

갑작스레 찾아온 원인 모를 고열 때문에
어지러워 걸음을 내딛는 게 고역이었는데

우여곡절 끝에 열은 가라앉았지만

조금만 걸어도 금방 숨이 차서
탄환이 자꾸 빗나간다고 불안한 호흡에
신경 쓰느라 표적을 제대로 가늠하지
못하겠다고 사격을 통제하던 교관에게

증상을 호소하자

그것은 너의 사상이 연약하고
느슨하기 때문이라고 아무래도

나사를 조여야겠다며 그는 얼차려를 부여했다

그날 밤 수위 조절에 실패한 댐처럼
오른쪽 폐에는 물이 들이차고 나는
근무지에서 멀지 않은 병원으로 옮겨졌는데

장병들의 사상이 애매모호하니
전투력을 높여야 한다고 간부들은 신신당부했다

다음 날부터 물에 잠겨
제 기능을 하지 못하는 폐처럼 불 꺼진
도서관에서 환우들이 손에 무언가를
하나씩 들고 나왔다

바늘을 찌르고 관을 연결해 폐에 고인
물을 빼내는 동안

마음대로 말을 할 수 없었다 겨울 내내

흉통에 시달렸다

* 이명박 정권이 출범한 해인 2008년, 당시 국방부는 각 군에 군인이 읽어서는 안 된다며 불온 서적 목록을 작성하고 지정해 반입 차단을 요망하는 공문을 발송했다.

홍어밥

태평양전쟁을 앞두고 집집마다 일경들이
찾아다니면서 녹이거나 일용할 양식
될 만한 것은 모조리 쓸어 담아 갔지

괜스레 마주쳐 끌려 나갔다가
돌아오지 못할까 봐 애써 눈을 피하면서

그들이 돌아가기를 기다리는 동안

거둬들인 지 이틀 된 햅쌀을
뒷간에다가 몰래 숨긴 거야

개미 새끼 한 마리조차도
가만 두지 않는 일경들이라도 뒷간은
차마 살펴볼 엄두가 나지 않았을까

더 이상 손에 잡히는 게 없자
마침내 그들은 돌아가고 그날 저녁 뒷간에

숨겨 뒀던 쌀을 꺼내 밥을 안쳤는데

그사이에 퀴퀴한 냄새가 알알이 배긴 거 있지

일경들이 다시 들이닥칠까 봐 조마조마하면서도
서로 한 그릇 더 먹으려 아우성이었는데

홍어보다 맛있었던 그 밥이 어른거린다

임종을 앞두고 볏짚 위에 놓여
삭아 가는 홍어처럼 누운 할아버지가 말했다

미용실

한 달에 한 번 머리를 자른다

한 계절이 무르익거나
물러가기 전이지만

머리는 계절보다 빨리 자라서

덥수룩한 머리를 쓸어 넘길 때마다
간혹 방향을 잃은 손이 헤맨다

나도 모르는 생각으로
쓸데없이 복잡하고 무거운 머리

자르기 전에 전체적으로 훑어본

미용사가 말한다 저번 달은
굉장히 건조했는데 오늘은 차가울 정도로
축축하네요 물에 들어가지 않더라도 곧잘

숨이 막힐 겁니다

너무 건조하거나 축축하면 안 돼요

말을 마친 미용사가 제멋대로
우거진 숲을 치기 시작한다 저것은
어제까지 내가 살았던 계절

누가 지나갔었나
발자국 화석이 머리에서 굴러떨어진다

대설특보

대설특보가 발효되고 도시에는 종일
눈보라가 하염없이 몰아친다

어제 걸어왔던 길이 조금씩

거센 눈발에 의해 묻히고 있다 나는
눈에 갇혀 있는 동안 도시에서

해방될 것들을 생각한다

안에 붕어가 들어가지 않아도
사람을 모으는 붕어빵집과 쉽게 얼고 녹는
저들을 꼭 빼닮은 분신을 만드는 아이들

깊은 잠에 들었다가 일제히 떠오르는 불빛들

그리고 나는 아버지 얼굴을 오랜만에
오래도록 들여다본다 밖에 나가 있던 동안

이제 아버지의 이는 거의 남아 있지 않고

어지간히 닫히지 않는 아버지 입안으로

눈보라가 들이친다 아버지는 밥을 먹기 전에
쌓인 눈부터 밀어내지만 미끄러워서 음식은
씹히지 않고 넘어가 버린다

사레 들린 아버지가 연신 기침을 한다

도시의 넓고 좁은 길이 눈에 파묻힌 동안
나는 도시에서 벗어나 있다

넘어진 아버지의 고백을 듣고 있다

도시9

영산포에서 바라보는 혁신도시는 섬 같다

이곳은 일찍 캄캄해졌는데
혁신도시는 밤이 깊을수록 환하다

불빛의 호흡을 따라

냄새가 피어오르고 곳곳에서
소리가 울려 퍼지지만

몰래 그늘을 감추고 있는 이들이 있다

불빛이 닿지 않는
깊은 바다와 같은 영산포에서

내가 애지중지 불씨를 키우고 있듯이

감추고 있는 그늘을 들키지 않기 위해

골몰하다 영산포를 찾는 이들처럼

나는 불씨가 사그라질지도 몰라
가끔 혁신도시에서 불빛을 빌려다 온다

제각각인 듯
한통속인

영산포와 혁신도시가 마주 보고 있다

도시10
—소멸위기지구

소멸위험 지역으로 지정된 도시는
노인이 많고 골다공증을 겪고 있는

뼈 같은 빈집이 많다

방금 출발한 버스 번호가 어떻게 됩니까
다음 차는 몇 시에 오나요

물어보지만 낯선 나라의 언어가 들려오고

늘어나는 빈집을 공원으로 바꿔
조금이라도 걸음을 붙잡아 보지만

도시에 오래 머무르는 이는 없다

국립공원 휴게소 안에 있는 카페에서
로봇이 주문을 받고 커피를 만들고
내어 준 일이 있었는데

사람이 사라진 자리는 저렇게
로봇이 차지할까

모양새가 꼭 사람이다 웃긴다 말하지만

시를 읽을 사람까지 결국 사라진다면
읽히지 않는 시를 써야 할까

도시는 소멸되어도 나는 도시에 있는데

할 수 있는 데까지 해 보겠다는 단골 식당
사장의 말이 모스 부호처럼 다가온다

도시5
—서서 우는 자들의 도시

이 도시의 사람들은 누구나 선 채로 운다
앉거나 누워 있거나 엎드려 있을 때가
울기에 가장 편한데 울음보다 낮고
어둡고 막막해 울음보다 먼저 울어지는
것들이 쏟아져 버리므로 실컷 울기 좋은데

방금 전까지 누군가 앉고 눕고 엎드려서
울었던 낡고 오래된 건물이 철거되기
무섭게 넓고 반듯한 모양의 새 건물이 높고
신속하게 지어지고 있다 누군가 머물렀던
자리를 지우면서 지어진다

기억으로부터 좀처럼 멀어지지 않는
통증과도 같은 역들을 거쳐 슬픔의
목구멍을 지나온 당신이 출구에 이르자
털썩, 주저앉는다—오늘 단 한 번도
어딘가에 머무르지 못했습니까 당신은

그렇습니다 방금 앉았던 자리도 내일이면
금세 지워질 것입니다 지워지는 일이 흔한
이곳에서 앉거나 눕는 것은 사치입니다
누구나 서서 우는 일에 익숙합니다
머지않아 지워지리라는 것을 알면서도

우리는 매일 울음을 지어 먹습니다 곧잘
허기가 집니다

나와 헤어진 당신이 슬픔의 목구멍으로
걸어간다 다시 통증 같은 몇 개의 역들을
지나는 동안

당신이 숨을 고르던 자리에 묘비 같은
건물이 지어질 것이다

도시1
—빌딩숲

쌓는 것은 무너뜨리는 것이다, 빌딩을
심는 대가로 초록의 피를 지불하고

불행은 점점 공고해진다 이 편한 세상이
편하다는 세상은 없다

편의를 위해 도처에 난립하는
규율들이 질서를 지운다, 그것은
인간 스스로 인간적이기를
거부하는 일

기원을 알 수 없는 비명을 살아내는
아이들 손에서 매캐하고 끈적한
기름이 만져진다 철근과 시멘트
뒤섞인 퀴퀴한 냄새도 간혹 난다

누군가 만들다가 만 두꺼비집을
관으로 삼은 두꺼비

나무가 자라지 않는 지문을
나이테라고 부를 수 있나요– 라는
질문 안에는 눈을 쏟아내는 한여름과
녹아내릴 줄 모르는 겨울이 있고

무엇으로 시를 쓸까
우리는 빈번히 울음에 갇히고
심장이 멈춘 시를 읽는 입은 무겁고

자꾸만 아프고

도시2
—목포 원도심을 지나며

파도 소리가 종종 빈집에 갇혀
허우적거리기 일쑤인 도시는
켜진 불보다 꺼진 불이 많다

떠나다, 라는 말은 상호적

도시는 사람을 잃고
사람들은 도시를 버린다

밤에도 낮과 다를 바 없이 환해서
잠을 이루지 못하는 불면의 도시와
낮에도 밤처럼 어두워서 넘어지기
일쑤인 도시 중 어디가 고단할까

장례식장으로 간판을 바꾼 예식장
행진곡 대신 레퀴엠이 흐르는 도로

그늘의 속성과 언어를

삶에서 먼저 배우는 도시의
아이들은 슬픔이 익숙하다
슬픔은 늘, 갈매기 무리처럼
날아왔다가 돌아간다

이곳에선 누구나 대책 없이
외로워지지만 음지가 깊어질까 봐

아무도 함부로 울지 않았다

도시3
—그늘의 섬

깎여 나간 산허리에서 날개뼈가 부러진
새 하나가 울고 있다

먼 울음으로부터 흘러나온 그늘이 고인다

산과 바다가 마주 보는 곳마다
흙먼지가 날리고 있다, 먼지에 의해

그늘지는 날이 늘어나고 있다, 점점

흐려지다가 이내 눈은 가려지고
귀가 멀어지고 사막화된 입에서 말은
자꾸만 모래 늪에 발을 헛딛는다

통증처럼 번지는 그늘에 의해

눈과 귀와 입이 가려지고 발이 묶인 산과
바다가 서로에게 달려가지 못하는 동안

은밀하게 기습적으로 올라가는 건물들

살아 있다는 증거로
어제 내가 그에게 보낸 초록이
그가 나에게 보낸 오늘의 윤슬이
아직도 당도하지 않았다

중산간으로 통하는 모든 길과 소식이
끊겼던 그날 제주처럼 우리는 차단되고 있다

쉴 새 없이 흩날리는 먼지에 의해
소리 없이 올라오는 건물에 의해

그늘 안에서 새를 잃은 날개뼈가 울고 있다

도시4
—교체

장사가 되지 않자 간판을
바꿔 달았다 장례식장에서 횟집으로

장의차가 울음을 밀어 넣으며 침묵하던
주차장엔 해수를 가득 채운 활어차가 서 있다

고인과 상주를 알리는 전광판이 있던
자리에 놓인 수족관을 유영하는 활어들

간판과 함께 죽음도 교체되었나

주방이 된 빈소에서 주방장이
주문 들어온 회를 뜬다

손끝에서 꽃을 피우고 있다
잎과 꽃은 언제나 끝에서 돋는다

과연 장사가 되는가 죽음은

검은 양복을 입은 조문객은 오지 않고
밤새 조명을 밝혀 분위기는

어둡지 않지만

죽음은 이어지고 있다 모두들 죽음을
향하고 있다

남겨진 사람들을 내려다보는 사진 속
망자처럼 제 살점을 집어 입안에 넣는
사람들을 물고기가 바라보고 있다

밤이 늦도록 조명이 꺼지지 않고 있다

민달팽이

이슥한 밤 엘리베이터를 기다리다
민달팽이 하나와 마주쳤다

달팽이는 거울에 비친
내 표정을 읽고
그 뒤에 가려진 하루의 무게를 온몸으로 재고 있었
다

그러나 그는 끝내 나를 다 읽지 못했다
십오 층을 출발한 엘리베이터가
일 층에 다다르고

나는 그 앞에서 더는
얼굴을 펼쳐 놓을 수 없었다

표정이 사라진 거울을
천천히 내려가고

다음 날 일 층에 내려갔을 때
그는 온데간데없었다

거울도 나도 깊은 밤도
붙잡을 수 없었던 것일까
늘 가벼운 몸이었으므로

얼굴의 무게에도 힘겨워
곧잘 주저앉기 일쑤인 내가
도리어 그에게 머물렀었나

문득 등이 무거워 거울을 보니

누군가 두고 간
표정 하나가 나를 바라보고 있다

매미

폭염으로 끓어오르는
길을 걷고 있었다

보도블록과 아스팔트 사이 경계석이
만든 그늘에 매미 한 마리가 태아처럼
웅크린 채 죽어 있었다

무엇이 그리 급했던 걸까, 생애
팔 할을 음지에서 보내고 온몸에 볕이
번지기도 전에 그늘로 돌아간 그는

곧게 뻗은 입이 선비의 갓끈과 같고
이슬과 수액만 먹으므로 맑고
해를 주지 않아 염치가 있고
집을 갖지 않으며 오고 감이 분명해
오덕을 갖췄다던가

도시에서는 낮밤 가리지 않고

소음과 불빛의 기세보다 맹렬히
울어야만 간신히 계절을 버틴다는데

오직, 그는 유일한 자산이자
목숨이나 다를 바 없는 그늘만으로
폭염보다 요란하게 울었을 것이다

고단했을 몸을 근처 풀숲에 놓아주었다
그늘이 된 그가 그늘을 베고 눕는다

모든 그늘은 누군가 울다 간 흔적
내 안에도 그늘이 자라고 있었다

전복

코너를 돌던 화물차가 넘어지자
적재함에 앉아 졸던 맥주병들이
머리가 깨져 나뒹군다

꿈인지 생시인지 분간이 가지 않는
운전자가 관자놀이 짚듯
핸드폰 버튼을 누른다

눈 감아도
잊히지 않는 실수들이
되살아나듯 몽글몽글
도로에 피어오르는 거품들

그런 적 있었다

누군가의 속을 뒤집어 놓고
기약 없는 어둠을 형벌로 받았던
뒤늦은 후회가 밀려들고

남몰래 엎드려 울음을 삼켰던

손바닥을 뒤집을 때마다
너울거리는 죄책감

화물차는 넘어져 있고
만취한 도로가 맥주 거품 속으로
비틀거리며 걸어간다

운전자가 전복처럼 엎드려 있다

가음정동*

그때, 빈 유리 단지였던 내가 그곳에서 가장 먼저 한 일은 흙을 채우는 일이었다 그러면 떠나온 도시의 냄새가 나는 듯도 해서 예보에도 없던 재난 같은 공허함을 견딜 수 있었다 그럼에도 허전한 기분은 사라지지 않아 거기에 개미 몇을 풀어 넣었다 잠시 골몰하는가 싶었던 그들은 이윽고 척박한 토양을 가꿔 나가기 시작했다

개미들이 첫 번째 길을 내기 시작했고 우리는 각자의 영역으로 나갔다 도시가 생소한 일기장의 글자들이 몸을 잔뜩 웅크렸는데 담임 선생이 거기에 담요를 덮어 주었다 마음이 오래 따뜻했다 피아노의 흰색 건반을 누를 때마다 흰 이를 드러내며 블랙 조**가 천연덕스럽게 웃었다 노을로 사탕 만드는 법을 배워 개미집에 넣었다 첫 번째 굴이 완성되었다

최초로 사랑을 잃었다 장복산***과 진해 앞바다 좋아 자주 나갔다 독도는 우리 땅을 유난히 즐겨 불렀던

아버지에게서 처음으로 쓸쓸함을 느꼈다 집을 나간
자전거를 기다리다가 나도 모르게 하늘소의 등에 업
혀 잠이 들곤 했다 일기장 글자들이 제법 의기양양해
졌다 두 번째 굴이 다 지어질 무렵이었는데, 균열이 생
겨 개미들 떠나고 아무도 살지 않아 다시 땅은 척박해
졌다 끝을 알 수 없는 겨울이 다가오고 있었다

<hr />

* 경상남도 창원시 성산구의 행정동 및 법정동.

** 스티븐 포스터(Stephen Collins Foster, 1826~1864)의 곡 〈올
드 블랙 조〉의 조를 말함.

*** 경상남도 창원시 진해구 태백동에 걸쳐 있는 산.

4부

죽은 별을 세던 벤치

후유증

병은 나를 이 주 동안 살다 떠났는데
나는 이 년이 다 되어 가도록 병으로부터
떠나지 못하고 있다

오랜 잠을 살아내는 기분이다

무언가가 걸리지도 않았는데 습관처럼
연신 기침이 나온다

희한한 일이지

가위는 아닌데 더더군다나 바위도 아닌데
무거운 것에 짓눌린 것처럼
아래로
바닥으로

바닥보다 더 낮게 내려앉는

얼굴을 벗자마자 표정은
순식간에 멀리 달아나고

표정 없는 얼굴들이 떠도는 거리
분명 이곳이었는데

어제 만난 그 사람 이름이
주고받았던 이야기가
먹었던 음식이 함께 본 영화가
헤어지기 전에 했던 약속들이

생각나지 않는다 기억을 짚듯 손을 뻗어
이리저리 휘저으면 이내 흩어져 버리는

바람의 발자국 좁혀지지 않는 거리

이생에서의 소풍이 여전히 한창인데
믿어 왔던 풍경보다 믿을 수 없는

풍경들이 늘었다

그날 이후

화정동

학교는 담 하나를 두고
교육청과 이웃해 있었다

등교에 늦어 쪽문을 이용하던
아이들 몇이 이따금
교무실로 불려 가곤 했다

수업 시간에 졸았다가
인문계 고등학교 진학을 강조한
늙은 담임 선생 눈에 걸려
교실 바닥을 개처럼 기었다

교실 바닥은 나무로 되어 있어서
살에 가시가 박히는 일이 흔했다

학교에서의 일을 철저히 함구하고
나는 어둔 방에서 살에 박힌
가시만 뽑았다

가시가 뽑힌 자리에 연고를 바르면
엄마가 일터에서 돌아왔다

새살이 돋는 시간이라고 여겨서
밤을 유난히 좋아한 시절이었다

예지몽

간혹 내 안에 누군가가 비밀리에 살고 있나
하는 때가 있다

이를테면,

만원 버스를 타고 가다 닭장을 생각할 때
돌연 닭을 빼곡히 실은 화물차가 나타나
나란히 붙어 달린다든지

꿈에서 죽은
새의 정체를 골몰하며 걸어가는데
엉겁결에 죽은 새의 사체와 마주하거나

영화나 드라마의 줄거리가
예상을 빗나가지 않고 그대로 전개되는 일

불길한 생각이 한 치의 어긋남도 없이
들어맞는 일만큼 소름 돋는 것이다

비밀이 서늘하면서도 아름다운 것은
한꺼번에 드러내지 않고
조금씩 보여지는 것에 있는데

나보다 먼저 내 속을 간파해 버리는
누군가로 인해 더 이상 비밀로 불릴 수 없으니
닭장차 기사와 죽은 새와 영화의 주인공들은
나를 믿을 수 없으니

어제 검은 나비에게서 심장 하나를 빌렸으나
그의 전후 행방이나 심장의 주인에 대해서는
말하지 않았다

죽은 별을 세던 벤치
—화순전남대병원

벤치에 앉아 있으면 졸음이 쏟아진다 그것은 햇볕
이 손으로 등골에 고인 그늘을 덜어내는 것이라고

말하며 너는 종종 쑥스럽게 웃어 보였다

이상하지 웃을 때마다
몸 안의 누군가가 자꾸만 커지는 것 같아

어디로 가는 걸까 기분은
영영 죽지도 사라지지도 않고

벤치에 앉아 조는 일이 부쩍 늘어난 너는 이제 죽음
예행연습 중이라고 말한다

햇볕뿐만 아니라 계절에 구애받지 않고 내리는 비에
도 손이 있다는 사실을 죽은 별을 세던 중에 새로 알
게 되었다고 막다른 길이라고 여길 때마다 악력이 세
진다고

세상에서의 마지막 악수를 나누며
너의 고백을 듣던 벤치에는 이제 나만 남았다

징후

별안간 반쯤 남은 커피가 엎질러지고
너는 다급히 허리를 구부린다

기울어진 건물에서 사람들이 쏟아져 나온다 살기
위해 밀치고 부딪치고 짓밟히며 달려 나온다 기습적
으로 건물은 기울어지고,

여러 겹의 티슈를 뽑아 너는 소리 없이 천천히 번지
는 커피를 닦는다 커피는 예고 없이 쏟아졌지만 너를
밀어내거나 짓밟지 않는다

비명을 가지지 않은 것들은 슬프고 쓸쓸하다 만일
우리가 가진 비명을 조금 빌려줬더라면 커피와 건물
은 불행하지 않았을 텐데– 떨리는 목소리로 네가 말한
다

커피를 머금은 티슈와 떨어져 나온 건물의 잔해가
종량제 봉투에 담겨 쓰레기통에 버려진다 저것은 얼

마 전까지 우리가 살았던 통증

내일이면 다시 너는 통증으로
나는 비명으로 불릴 것이다

외삼촌
―환상통

달아날 수 없었다 눈을 감으면
지나갔다 믿었던 장면들이 되살아나서

밤마다 몸을 뒤척였다

벌어진 살 사이에서 악몽들이 쏟아졌고
몰려온 환청이 문을 두드리고
창문을 깨뜨렸다

파편을 바라보는 것만으로도
욱신거리고 속이 메스꺼웠다

이상한데
헬기가 상공을 배회하며 감시하고
골목에서 아직도 군홧발 소리가 난다
어딘가에서 총알이 날아들 것만 같다

커튼으로 가린 것만으로는

도무지 마음이 놓이지 않아

바닥에 드리운 어둠보다 더 낮게
몸을 엎드렸다

차디찬 방바닥으로부터
피로 범벅인 손과 싸늘하게 식은 몸이
짚어진다

깊은 통증으로부터 구천을 떠돌고 있는
망자의 목소리가 들렸다

빵 만드는 시간

피 묻은 제빵실*에서 무덤처럼
반죽이 부풀어 오르고 있다

빵을 구울 때마다 스멀스멀
되살아나는 악몽

샌드위치 소스를 배합하던
그는 늘 이루지 못한 잠과
걷히지 않는 밤 사이에 숨죽은
양상추처럼 끼인 채 허덕였다

답답하다

발이 땅에 닿지 않고 허공에
뜬 기분이다 아무리 팔을 저어도
밤은 워낙 질겨서 걷히지 않고

죽음 같은 졸음이 쏟아진다, 아니

졸음으로부터 왔는지도 모른다 죽음은

죽음을 세듯

그는 데리야끼 치킨 오백 봉지를
차례로 뜯는다 내일을 마주하려면
열두 시간 동안 십만 개의 빵을
만들어내야만 한다

혼자 일 다 하는 거 들킬까 봐
야간 오지 말라고 했던 거다**

핏빛 고백이 달걀물과
밀가루 분진을 뒤집어쓰고 있다

유언 같은 빵이 구워지고 있다

주머니에 씨앗을

혈관을 막고 있는 노폐물처럼
국경에서 도시로 들어가는 길목마다
전차의 행렬이 이어지고 있다

밤낮을 가리지 않고
남녀노소를 가리지 않고 빗발치는 포격

유치원이 학교가 병원이 성당이
무너져 내리고 화마에 휩싸인다

아이를 낳던 임신부가 죽었고
여섯 살 난 어린아이가 죽었다

꽃향기와 풀 냄새 대신 곳곳에서 검고
매캐한 비명이 피어오른다

죽은 이들의 눈이 아직 다 감기지도 않았는데
죽은 이들에게 진혼곡조차 들려주지 못했는데

마르지도 않은 슬픔으로 포탄은 떨어지고

무너진 건물의 잔해와 망자들이 뒤엉킨
폐허의 도시에서 깃발을 꽂고 축배를 들기
분주한 작자들, 전생을 더듬어 보면 어디쯤
학살의 기억이 윤회의 징표처럼 새겨져
있을 텐데 한번씩은 서늘한 기운에 몸을
종종 뒤척이기도 했을 텐데

무리를 이뤄 국경을 넘나드는 저 새 떼를
질서와 자유, 현실과 이상으로 누구든
마음대로 부를 권리가 있으니

그러므로 그대들 안의 신에게 모든 죄와
무기를 내려놓기를

욕망과 증오 대신 주머니에

그대들이 짓밟았던 나라의 국화가
자랄 수 있도록 그 씨앗을 넣어 두기를*

지금이라도 참혹한 잔치를 그만두기를

* 2022년 2월 24일, 러시아는 미국과 '북대서양조약기구
(NATO)'가 우크라이나를 군사 지원하며 자국을 위협한다는 구실
로 우크라이나 수도 키예프를 미사일로 공습하고 지상군을 투입하
는 등 전면 침공을 감행했다. 침공 당일 우크라이나 남부 헤르손주
의 항구 도시인 헤니체스크의 길거리에서 한 여성이 러시아 군인
두 명에게 다가가 "내 나라에 왜 온 거냐."며 호통을 치고 "당신이
죽은 뒤에 우크라이나 땅에 해바라기가 자랄 수 있도록 주머니에
씨앗을 넣어 두라."고 말했다. 해바라기는 우크라이나의 국화다.

죽음은 나비처럼

갑작스러운 부고를 받고 조문 다녀오는 길
내내 죽음에 대한 생각이 나를 따라다닌다

보이지 않고 만질 수도 없지만
은밀히 나를 주시하고 있을 것만 같은

아니, 먹잇감을 노리는 맹수처럼 주변을 서성이며
호시탐탐 기회를 엿보고 있을지도 모르는

죽음에 대해
골몰하는 나를 아까부터 아파트 화단 밑
비좁고 어두운 공간에서 고양이가
뚫어지게 보고 있다

나비야—, 라고 부르면 스타카토 걸음으로
다가와 몸을 비비는

나비의 엄마는 오 년 전 아파트 앞 도로에서

불의의 사고로 죽었다

그에게도 얼마간은 죽음이 따라다녔을 것이다
이름을 지어 불러 주자 그의 비통하고 막막한 마음
이
캄캄한 방에 불을 밝힌 듯 조금씩 환해졌는데

죽음에게도 이름을 지어 주고 다정한 목소리로
그를 부르고 이따금 눈 마주한다면 더 이상
두려워하지 않아도 될까 죽음은 나비처럼 올까

여전히 죽음의 정체는 불명이고
목소리는 들리지 않고

나비가 밤의 등뼈에 앉아 있는 나를 연신 불렀다

평화이발관* 앞을 지나며

하노이 북미 간 협상이 결렬되던 날

어째서 이 땅의 평화는 우리의 의지로
이뤄지지 않는가

골몰하며 걸음을 걷던 나를 평화이발관
간판이 불러 세우는 것이었다

분주히 머리를 손질하는 이발사의 것도
그의 손에 들린 가위나 면도를 위해
두피에 칠해질 비눗물의 것도
그것을 데우는 난로의 것도 아닌

누구의 것도 아닌 이발관은

수증기의 입자가 비린 향을 내며
저녁의 살 속으로 스며드는 가운데
지극히 평화로웠다

섣부르게 내려놓은 절망들이 잘려 나간다

손질됐거나 손질될 예정인 흑발 혹은 백발
곧거나 곱슬이거나 머리들은 모두 머리다
이발사의 손에서 모든 머리는
평화다 이발관을 이발관이게 하는

소리와 몸짓들을 오래도록 바라보았다

* 전라남도 나주시 가마태길에 소재함.

과천

외할머니의 임종이 임박하자

엄마는 의정부에서 한 시간 이십 분
떨어진 거리에 사는 큰이모를 자주 찾았다

엄마가 마음을 둘 수 있는 유일한 곳이었다

무겁고 어두운 표정의 엄마와
이모가 따로 이야기를 나누는 동안

네 살 터울의 사촌 누나가 비디오게임을 권했다

게임 속에서 캐릭터가 물에 빠지고
불에 타고 적의 공격을 받아

체력이 줄어들거나 죽기를 거듭하는 사이

다른 방에서는 엄마와 이모의

시름이 깊어지고 한숨이 쌓였다

지하로 들어갈 때까지만 해도 맑았던
날씨가 잠깐 지상으로 나오니 흐려졌거나

의정부를 출발해 다시 의정부로
돌아올 때까지

종일 비가 쏟아지기도 했다

외할머니의 마지막 호흡이었는데
모르는 나는 마냥 천진난만했다

엄마가 수시로 공허해지던 시절이었다

녹지 않는 눈사람

애들아 일어나렴 어서 세상이 온통 하얗다

이른 새벽, 키를 훌쩍 넘는 폭설에 묻히는
꿈에 깊이 빠진 우리를 깨우며

엄마는 눈사람을 만들러 나가자고 했다

눈은 녹아 버리잖아요 여름에
갑자기 쓰러진 아버지를

간신히 일으켜 세웠는데 다시 녹아서
사라져 버리면 어떡해요 안 나갈래요

안 나가겠다고요

한사코 버티는 나에게 그러면 녹지 않게
하면 된단다 내가 몸을 만드는 동안

너희는 봄이 오고 여름이 와도
사라지지 않는 얼굴을 만들어라

엄마의 말을 듣고 동생과 나는 눈밭에서

몸을 더욱 잘 숨길 수 있는 그늘을 찾아
헤매느라 고단한 아버지와 눈을 감고
귀를 막은 채 떨고 있는 삼촌의 표정을

찾아다녔다 두렵고 불안한 표정을
뭉쳐 만든 얼굴을 엄마가 만든 몸통에

붙이자 녹지 않는 겨울이 완성되었다

엄마와 우리가 처음 만든 눈사람이
사진 속에서 웃고 있다

주전부리

잔업이 잦았던 엄마는 퇴근할 때마다
가방 안에 무언가를 하나씩 챙겨 왔다

봉지를 뜯자마자 금세
삭朔으로 돌아가는 보름달 빵이나 마실수록
갈증을 부르는 과일 음료, 아껴 먹기 위해
입안에서 오래 굴린 사탕 같은 것들

오래 쓴 배터리처럼 허기에 시달려 바닥에
엎드리기 일쑤인 엄마를 위한 것이었는데

오늘은 무엇이 들었나 왜 이렇게 가볍지

삼시세끼로는 성이 차지 않는 나와 동생이
입맛을 다시며 가방을 뒤적거리는 사이

뒤에서 엄마는 점점 야위어 갔다

그러다 가끔 달도 뜨지 않고
과일 작황도 좋지 않아 아끼고 싶어도

아낄 것이 없을 때 엄마는

뼈만 남은 몸을 내밀었다
그것이 엄마인 줄도 모르고

한 끼라도 더 먹으려 동생과 내가
할퀴고 물어뜯는 광경이 슬픈 엄마는
가방 안으로 들어가 밤새 울었다

엄마의 뼈가 들어 있던
가방 안으로 살찐 나를 밀어 넣지만

엄마는 살이 찌지 않는다

아버지는 뭐 하시니

새로 학년이 시작되고 담임 선생은
가정 실태조사서를 내일까지
반드시 작성해 오라고 당부했다

그런데 어떡하면 좋을까

연일 아버지는 술에 취해 있고
일터에 나간 엄마는
자정이 가까워서야 돌아오는데

난처한 내가 직접 설문에 응하자

너 아버지가 돌아가셨냐 아니요
그런데 왜 선친에 체크를 해 놨니
부모님이 작성한 거 아니지, 아버지
직업에 도인은 또 뭐고 돌아 버리겠다

핏대를 세우며 다그치는 담임에게

아버지는 집에서 공부하다가 영
풀리지 않아서 잠깐 쉬는 중이고
엄마는 에어컨 부품 만드는 공장에
나가 있어요 가끔 불교 서적을 읽는
아버지는 스스로를 죽은 몸이라고 말해요

하지만 담임 선생은 듣지 않고 늦은 밤
전화로 관리가 필요해 보인다고 했다

설문에 다시 응답하면서 엄마는
문제없다고 말했다

안온한 밤이었다

왕자관*

시내에 나갈 때마다 아버지는
어린 우리를 데리고

아버지가 태어나기 전부터 있었다는
중국집을 즐겨 찾았다

짜장면과 짬뽕뿐이었지만

없던 길이 생기고 주변에 새로
건물 여러 채가 올라가며 풍경이
수차례 바뀌는 동안 가짓수가
늘어난 차림표, 그러나 우리는 늘

짜장면 곱빼기 셋
주문한 음식을 기다리는 사이

살아남은 이들의 가쁜 호흡과
죽은 자들의 피 묻은 아우성이

분주하게 골목을 오고 갔다

음식이 차려지자 아버지는 울분과
죄책감을 넘나들며

짜장면 비비는 법을 알려 주었다

불향이 골고루 스며들게 누구도
아쉽고 안타깝지 않게 잘 섞어라
삶과 죽음 어느 한쪽으로도
치우치지 않아야 맛있다

푸짐하고 기름져서 고작 젓가락
몇 번에도 금세 배가 불렀는데

아버지 눈빛은 허기지기만 했다

먼지 같은 슬픔이 목구멍에 자욱할 때
간절히 생각나는 중식당이었다

* 광주광역시 동구 충장로에 있던 식당. 1945년에 영업을 시작
해 2019년 4월 30일에 폐업했다.

오해

마스크를 쓰고 있지만
머리 모양과 눈만 보고도

누구인지 알 것 같아 얼른 다가가
안녕하세요 그동안 잘 지내셨어요
여기서 뵙게 될 줄 전혀 몰랐습니다

인사를 건네는데

손사래를 치면서 아니에요
잘못 보셨습니다

당황하며 그는 잰걸음으로 멀어지고

괜스레 민망해진 나는 한동안
자리를 뜨지 못한다

생각해 보면 마스크를 쓰기 전에도

뒷모습만 보고도 반가워서
달려가 덥석 팔을 붙잡거나
큰 소리로 이름을 불렀던 적 있었다

나는 오해와 함께하고 있었던 것

나는 얼굴에서 이름보다
죄책감이 먼저 읽히는 사람

마스크를 쓰지 않아도

기억의 장소, 시간의 대화

김태선(문학평론가)

"내 안에 담을 쌓아 둔 적 있었다", 첫 번째 자리에 놓인 시 「담」의 첫 문장은 이렇다. 문장의 술어에서 엿볼 수 있듯 그이가 전하고자 하는 바는 자신의 안에 담아 두었던 과거 기억 가운데 하나이다. 첫 시집 『푸른 눈의 목격자』(문학수첩, 2018)에서 오성인은 광주라는 이름이 지닌 공동체적 슬픔과 그 기억에 관해 노래한 바 있다. 우리 앞에 놓인 두 번째 시집에서, 그이는 이제 자기 안에 감추어 두었던 보다 내밀한 이야기로 우리를 초대한다. 전작이 광주라는 이름으로 대표되는 공적인 기억을 다룬 것이라면, 이제 시인은 자신의 그늘에 자리한 보다 내밀한 기억으로 시선을 옮긴다. 자신을 이뤄 온 기억들이 머문 자리들을 향해 말을 건넨다.

그 때문일까, 오성인 시 화자의 시선은 지금 여기에서 일어나는 현상보다 자신이 겪었던 과거 일들에 초점을 모으는 것처럼 보이기도 한다. 어쩌면 인간의 말로 전해지는 모든 이야기는 과거에 속하는 것이라 할 수 있을 터이다. 흘러가는 시간 가운데 말로 표현된 것들은 발화된 순간부터 과거의 것을 지시하게 되기 때문이다. 인간의 언어는 그렇게 시간의 마멸을 거스르려는 욕망을 반영하는 듯하다. 그러나 오성인 시에서 기억을 노래하는 일은, 지나간 시간을 재현하는 일로 만족하지는 않는 것 같다. 시인이 기억을 노래함으로써 과거의 시간을 지금 여기로 불러들이는 까닭은, 자신이 담 쌓고 지내 왔던 것들과 다시 마주하며 대화를 나누기 위해서인 것으로 보인다. 앞서 언급한 시 「담」은 바로 그렇게 밝히고 싶지 않았던 일을 우리에게 고백하는 노래이다.

담 하나를 쌓고 거리를 두었다

담은 다만 집으로 일찍 들어가기 위한
지름길이었을 뿐인데

담을 넘는 일을 부끄럽게만 여겼던

나는 매달려 본 적 없는 운동기구와
만난 적 없는 새에 대해 이야기했다

그 사이 점점 높고 견고해진 담장

─「담」 부분

「담」의 화자는 담을 넘다 겪은 사고에 관한 기억을 전한다. 화자인 '나'는 단지 집으로 빠르게 돌아가고 싶을 뿐이었으나, "키보다 높은 그것을 넘다가/그만 중심을 잃고 곤두박질"을 치고 말았다고 한다. "얼굴 반쪽이 피"투성이로 되고 마는 큰 상처를 입었는데, '나'는 곧바로 집에 돌아가지 않고 날이 저물 때까지 동네를 맴돈다. 얼굴의 통증보다도 '나'를 짓누르는 것이 있었기 때문이다. 바로, "너 얼굴이 그게 뭐니 어쩌다/그렇게 됐니, 라는 물음"이 자신에게 "수시로 밀려드는" 심리적 압박이다. 그에 대한 적절한 답을 찾지 못한 '나'는 담을 넘다 겪은 사고 자체와 거리를 두기 시작한다. 그리고 집으로 돌아갔을 때엔 다친 얼굴을 변명하기 위해 "매달려 본 적 없는 운동기구와/만난 적 없는 새에 대해 이야기"하고 만다. 이와 같은 사연은 유년 시절 누구나 겪었을 법한 경험을 그려내는 이야기처럼 보이기도 한다.

그러나 「담」에서 눈여겨보아야 할 대목 가운데 하나는 부끄러움을 감추고자 하는 자신의 움직임을 두고 "담 하나를 쌓고 거리를 두었다"고 하는 표현이다.

"담을 넘는 일을 부끄럽게만 여겼던"이라는 말처럼, '담' 역시 '나'에게는 부끄러움의 상징물이다. 그리고 그런 자신의 부끄러움을 감추기 위해 그 '담'을 제 앞에 세웠다는 것이다. 이렇듯 부끄러움을 감추고자 부끄러움의 상징물이었던 '담'을 사용하는 일은 자신의 행위 자체가 부끄러운 것임을, 밝히지 않음으로써 드러내는 역설적인 움직임이라 할 수 있다. 그런데 '밝히지 않음'은 '밝힐 수 없음'으로 바꿔야 할 것 같다. 시에서 '나'가 담 넘는 일을 부끄럽게 여기는 까닭은 밝혀져 있지 않다. 어쩌면 그것은 밝힐 수 없는 것인지도 모른다. "어쩌다/그렇게 됐니, 라는 물음에 어떤 대답을/해야 할지 몰라서"라는 말처럼, '나'조차 그 일을 어째서 부끄러워하는지 알지 못한 것으로 보이기 때문이다. 그럼에도 담장에서의 사고를 감추기 위해 '나'는 또 다른 '담'을 세웠고, 그렇게 담장은 거짓말을 할수록 "점점 높고 견고해진"다.

시간이 흘러 상처는 회복되었으나, 「담」의 화자는 "담은 허물어지지 않고 남아 있었다"고 고백한다. 그러나 이렇듯 회상을 통해 부끄러움을 고백하는 행위는, 단순히 타자에게 자신의 잘못을 드러내는 일에 머무르지 않는다. 이는 기억이라는 잠재적 층위인, 과거의 '나'라는 시간을 지금 여기로 불러들임으로써 대화를 시도하는 일이기도 하다. 물론 대화는 쉽지 않다. 오성인의 시에서 과거의 기억과 대화하는 일은 또한 앎의 바깥에 머무르는 것들을 이해의 이편으로 끌어들이려는 노력과 함께 이루어지고 있기 때문이다. 알 수 없는 것들, 이해할 수 없는 것들을 향해 말을 건네는 일이 기억과 대화하는 일을 통해 이루어지고 있다. 두 번째 시집에서 시인이 끊임없이 대화를 시도하는 대상은 자신이 발을 디뎌 왔던 장소들에 관한, 기억의 단편들이다.

나는 수수께끼의 사람 억양이 왜
그 모양이니 그건 들어 보지 못한 말인데

궁금해하며 다가오는 또래들을

경계했다 꼬리를 흔들며 얼굴을 핥는
강아지를 이해하지 못하고 발톱으로

냅다 할퀴는 고양이처럼 행동하고

엄마에게 물었다 나는 왜 광주에서
태어났는데 광주에서 자라지 않았나요

무슨 일이 있었던 건가요 광주와

가까워지려면 어떡해야 하나요

                  —「이사」부분

「이사」의 화자는 광주에서 태어났지만 다른 지역들을 전전하며 살다 다시 광주로 돌아온 자신의 사연을 노래한다. 고향을 떠나 여러 지역을 떠돈 뒤 다시 돌아오는 이야기의 구조는 마치 오디세우스의 귀향 서사를 연상케 한다. 이러한 측면에서 시집에 수록된 여러 다른 지역에 관한 기억이 담긴 시편들은 각각 오디세우스의 모험담과 같은 자리를 이루는 것으로 볼 수도 있겠다. 하지만 이 시에서 초점을 모으는 곳은 '나'의 정체성에 관한 물음이다. "억양이 왜/그 모양이니 그건 들어 보지 못한 말인데"라며 다가오는 또래 아이들의 물음에서 엿볼 수 있듯, 광주에서 태어났음에도 고향이 이방인으로 '나'를 대하는 데에서 물음이 시작된다. 스스로는 자신의 뿌리를 광주에 두었음에도, 정작 다시 만난 광주는 '나'를 낯설게 대한다. 다른 곳에서 "떠나다, 라는 말은 상호적"(「도시2」)이라 노래한 것처럼, 마찬가지로 '나' 역시 다시 오게 된 광주로부터 헤아리기 어려운 거리감을 느낀다.

이렇게 '나'는 또래들이 궁금해하는 것처럼 스스로

의 정체성에 대한 의문을 가짐으로써 '수수께끼의 사람'이 된다. 그리하여 자신이 다른 곳에서 살 수밖에 없었던 까닭을, 광주와 다시 가까워지는 방법을 엄마에게 묻기에 이른다. 그러나 이 시에서 드러나는 엄마의 답은 후자에 국한되어 있다. 즉 엄마는 '나'에게 "지나온 도시들의 거리만큼 광주에게/다가가 손을 내밀어라//광주와 가까워지기 위해 네가 지냈던//도시들을 일부러 버리지 않아도 된단다/그것이 광주를 사랑하는 일"이라고 일러 준다. '나'가 "광주에서 자라지 않았"던 이유에 대해서 이 시는 밝히지 않는다. 이러한 측면에서 '나'는 우리에겐 여전히 '수수께끼의 사람'으로 머물러 있는 셈이다.

시의 말미에서 '나'는 "집을 자주 옮겨 다니게 된 이유를/알게 될수록 광주와의 거리가 좁혀졌다"라고 함으로써 자신은 그 이유에 대해 알아 가고 있음을 전한다. 다만, 시의 화자는 자신이 알게 된 것들에 관해 우리에게 일러 주지 않는다. 어쩌면 그것은 한두 마디 말로 쉽게 드러내기 어려운 종류의 앎일지도 모른다. "네가 지냈던//도시들을 일부러 버리지 않아도 된단다"라는 엄마의 말처럼, '나'는 광주와 다시 가까워지기 위해 그동안 살아왔던 다른 지역들을 적극적으로 끌어안고자 한다. 시집에 수록된 지역에 관한 여러 시편들은 그렇게 '나'가 살았던 장소들에 관한 기억과 대화를 시도한 여정들이라 할 수 있겠다. 또한 여러 고장에 관한 기억들을 주유하며 자신이 깨닫게 된 것들을 에둘러 전하는 것들이기도 할 것이다. 그 가운데 「시기동」은 오성인 시의 기억이 지닌 특성을 잘 드러내는 시편 가운데 하나이다.

> 입과 코로 들어오는 물을 연신 뱉어내며
> 정신이 아득해지는 사이 짙은 그늘이
> 서서히 아버지를 삼키고 있었다
>
> 사람들의 도움으로 간신히 빠져나왔지만
>
> 더운 날씨에도 젖은 몸은 쉽게 마르지 않고
> 웅덩이 악취가 며칠간 가시지 않았다
>
> 그래도 다행히 라면은 잊지 않고 사 왔는데
> 아버지는 일어나지 않았다
>
> 자주 드시던 라면 여기에 있는데 점점
> 물기는 마르고 냄새도 사라지는데
>
>   —「시기동」 부분

「시기동」의 이야기는 어느 여름날 아버지의 심부름으로 라면을 사서 돌아오는 길에 넘어져 웅덩이에 빠진 기억과 병 때문인지 일어나지 못하는 아버지에 대한 기억이 중첩되어 있다. 중심을 잃고 넘어져 사고를 당한 화자가 등장한다는 점에서 「시기동」은 앞서 살핀 「담」과 일정한 공통점을 지니고 있다. 그런데 이렇게 넘어지는 일들에 관한 기억은 시집에 수록된 다른 시편들에도 여러 차례 등장한다. 가령 인천 구월동에서의 기억을 다룬 「처음 그린 그림」에서는 자전거를 타다 속도를 줄이지 못해 "넘어졌다 찢어진 이마에서 붉고 따뜻한/액체가 쉴 새 없이 흘러나왔다"고 하며 그 피로 이루어내는 "어렸을 적/처음으로 그린 그림"에 관해 노래한 바 있다. 빈집들이 늘어 가는 목포 원도심에 관해 노래한 「도시2」에서는 "낮에도 밤처럼 어두워서 넘어지기/일쑤인 도시"라고 하며, 중심을 잃고 넘어지는 일은 비단 '나'에게만 한정된 것이 아니라 도시에서도 일어나고 있음을 보았다.

한편 '넘어짐'이라는 움직임이 고백의 형식으로 전이되는 시편들도 있다. 「전복」에서는 "코너를 돌던 화물차가 넘어지"며 전복된 사고의 현장을 목격하며 "누군가의 속을 뒤집어 놓고/기약 없는 어둠을 형벌로 받았던" 자신의 죄책감에 관해 노래한다. 「대설특보」에서는 "넘어진 아버지의 고백"을 듣는 자신의 모습을 전하기도 한다. 여기서 '넘어진 아버지'라는 표현은 "아버지는 일어나지 않았다"라는 문장이 등장하는 「시기동」과 공통점을 이룬다. 우리는 다시 「시기동」으로 돌아와 '아버지'를 시야의 중심에 놓을 필요를 느끼게 된다. 이번 시집에서 시인은 '아버지'라는 말을 구십여 차례나 쓰고 있다. 그만큼 이 시집에서 노래하는 '나'의 기억에 '아버지'는 넓은 자리를 차지하고 있는 것이다. 이는 '나'에게 아버지라는 이름이 삶에 관한 사유를 강요하는 강력한 기표로 작동하고 있음을 표현한다.

「시기동」에서 넘어져 웅덩이에 빠졌던 것은 '나'이다. 그러나 기이하게도 이 장면은 동시에 "짙은 그늘이/서서히 아버지를 삼키"는 모습과 겹치며 전이가 일어난다. 중심을 잃고 쓰러진 이가 '나'에서 아버지로 옮겨 가게 되는 것이다. 물론 그렇다고 하여 '나'가 넘어진 사실이 바뀌는 것은 아니다. 다만, '나'는 심부름도 완수하고 다른 사람들의 도움으로 웅덩이도 빠져나왔지만 그늘에 삼켜진 아버지는 빠져나오지 못하고 있다. 시간이 흘러 "물기는 마르고 냄새도 사라지"게 되었지만, "아버지는 일어나지 않았다"는 것이다. 「대설특보」에서의 기억이 전하는 "이제 아버지의 이는 거의 남아 있지 않고"라는 표현에 비춰 본다면, '넘어진 아버지'는 노환이나 병으로 인한 모습을 가리키는 것처럼 보이기도 한다. 그러나 이는 단순히 나이가 들어감에 따라 자연스럽게 얻은 병과는 다른 것 같다. 「고백」에도 "치아가 얼마 남지 않은" 아버지가 등장한다. 이 시에서의 아버지는 "아무 일 없었다는 듯 침묵으로/굴곡진 시간을 지나온" 인물이다. 그런데 그런 아버지가 최근 "부쩍 이야기가 늘었다"고 하는데, 시에서 표현되는 이야기의 모습이 어딘가 심상치 않다.

치아가 얼마 남지 않은 요즘

부쩍 이야기가 늘었다 씹어서
넘기기 편하게 가위로 반찬을

자잘하게 자르고 다지는 동안

아버지가 여러 갈래로 나뉜다
모나거나 둥글거나 촉촉하거나 건조한

조각들이 모인다, 이것은

아무리 주무르고 헹궈내도

형태만 남은 채 지워지지 않는

핏자국처럼

나에게서 한시도 떠나지 않았던

아버지의 비명

— 「고백」 부분

　아버지의 식사를 원활케 하기 위해 "가위로 반찬을//자잘하게 자르고 다지는" '나'의 행위는 시에서 "아버지가 여러 갈래로 나뉜다"고 하는 모습과 중첩된다. 「고백」은 '나'의 기억을 담은 것이기도 하지만, 동시에 아버지가 전한 기억들을 함께 이야기하는 것이기도 하다. 그러나 그 기억은 잘게 나뉜 반찬처럼 산산조각 난 파편이자 흔적이다. 이 글의 첫머리에서 인간의 언어가 시간의 마멸을 거스르려 한다는 말을 한 바 있다. 이는 언어가 실재하는 것들을 삼키고 그 자리를 대신한다는 걸 이르기도 한다. 그러나 이와 같이 재현된 것들은 실재했던 것과 동일할 수 없다. 나아가 인간의 주관적 기억은 그 본성상 파편적인 형태로 존재하는 가운데 일생 동안 끊임없이 변화를 겪게 된다. 가령 「서기동」에서 '넘어진 나'와 '일어나지 않는 아버지'

가 중첩되는 동일한 이미지임에도 서로 다른 결과의 방향으로 바뀌어 감에 따라 '나'가 그 일에 의문을 갖게 되는 일 역시 주관적 기억의 가변성을 드러내는 것이라 할 수 있다.

그렇게 변화하는 기억의 움직임 가운데에서도 변화하지 않는 것이 있다. 주관적 기억은 언제나 망각과 한 쌍으로 움직임으로써 그 모습을 바꿔 나간다. 인간은 때로 "주무르고 헹궈내"며 빨래하듯 능동적으로 어떤 기억을 씻어내고자 노력하기도 한다. 그러한 노력에도 불구하고 '나'가 전하는 그 기억의 파편들에는 "지워지지 않는/핏자국처럼" 화자를 떠나지 않는 "아버지의 비명"이 남아 있다고 한다. 하지만 그 지워지지 않는 것의 정체를 시에서는 구체적으로 다루지 않는다. 그 까닭은 파편화된 동시에 그 본성상 끊임없이 제 모습을 바꾸어 가는 기억을 일관되고 온전한 것으로 맞추어 밝히는 일이 어렵기 때문인지도 모른다. 마찬가지로 인간의 분절화된 언어는 실재의 일면만을 불완전하게 번역할 수밖에 없기에, 그 실재를 온전하게 담아내는 일 역시 불가능하기도 하다.

그럼에도 우리는 시집에 수록된 다른 시편들에서 아버지의 파편화된 이야기들을 간접적으로 엿볼 수 있다. 오성인 시의 페르소나인 '나'에게 아버지는 "나에 관한 이야기는 절대로 꺼내지 말아라"(「뼈에 사무친 말」)라고 하였지만, '나'는 자신의 기억 가운데 자리한 파편들을 여러 시편을 통해 에둘러 전한다. 그 가운데 "아버지는 숨는 데 자주 실패했다"라 전하는 「겨울 유산」은 끊임없이 누군가로부터의 감시를 피해 달아나 숨을 수밖에 없었던 아버지의 모습을 그리고 있다. 마찬가지로 「녹지 않는 눈사람」에는 "몸을 더욱 잘 숨길 수 있는 그늘을 찾아/헤매느라 고단한 아버지"가 등장한다.

오성인 시의 '아버지'가 어째서 달아나 숨어야 했는지에 관한 이유는 밝혀져 있지 않다. 그러나 "피 묻은 기억에서 좀처럼 벗어나지 못했던/아버지가 창밖으로 지나갔다"(「수도권 지하철 노선도」)라는 말, 그리고 "음식이 차려지자 아버지는 울분과/죄책감을 넘나들며"(「왕자관」)라는 문장을 「이사」에서 광주를 떠나 살 수밖에 없었던 가족의 사연과 연결 지어 읽는다면 그 실마리를 조금쯤은 짐작할 여지가 생긴다. 어쩌면 오성인 시에서 '아버지의 기억'은, '광주'라는 이름이 상징하는 시대의 아픔과 유관한 것일 터이다. 특히 "빨간색은 더럽지도 나쁘지도 않아/살아 있는 것들은 빨갛다 피도 사과도 원숭이도"라는 '철희 삼촌'의 목소리를 전하는 「국민학교 3교시 미술 시간」, 군 시절

후임과의 우연한 만남에서 "그 사람 부모가 다짜고짜 오 병장님더러 빨갱이라고 불순분자라고 뒷조사해 보라고 난리 부르스를 쳤었제라"라는 회고를 듣는「안부」를 경유한다면 그 아픔의 정체가 조금은 더 분명해질 것이다.

　그러나 오성인의 시에서 중요한 움직임은 그 내막을 구체적으로 살피는 데에 있지 않다. 그보다는 존재하는 것들의 '그늘'과 같은 그 "보이지 않는 것들을 이해"(「김성인피아노」)하고자, 시인의 시선은 놓쳐서는 안 될 것들을 잘 살피고자 노력한다. 자기 자신 역시 부끄러움을 덮고 그와 거리를 두고자 만들었던 '담'을 허물기 위해 그 보이지 않는 것들의 목소리에 귀를 기울인다. 멀어졌던 것들과 다시 가까워지기 위해, 오성인 시의 '나'는 자신이 살았던 고장의 기억들과 만난다. 그 가운데 광주 화정동에서의 기억을 잠시 엿보도록 하자.

　　　교실 바닥은 나무로 되어 있어서
　　　살에 가시가 박히는 일이 흔했다

　　　학교에서의 일을 철저히 함구하고
　　　나는 어둔 방에서 살에 박힌

가시만 뽑았다

가시가 뽑힌 자리에 연고를 바르면
엄마가 일터에서 돌아왔다

새살이 돋는 시간이라고 여겨서
밤을 유난히 좋아한 시절이었다

— 「화정동」 부분

　「화정동」에서의 '나'가 전하는 화정동 시절은 그다지 좋은 추억은 아닌 것 같다. "인문계 고등학교 진학을 강조한/늙은 담임 선생"이라는 표현에서 우리는 해당 기억이 중학생 시절이라는 사실을, 그리고 당시 자신의 담임 선생에 대해 우호적인 감정을 가지고 있지는 않았으리라는 정보를 얻을 수 있다. 이러한 측면에서 「화정동」은 어느 시절의 이야기인지를 명확하게 드러낸다는 점에서 시집에 수록된 기억에 관한 시편들과는 다소 차이를 보인다. 그 까닭은 어쩌면 이 시기가 시를 전하는 '나'에게 있어서 어떤 중요한 전환점으로 다가왔기 때문일 터이다. 물론 "학교에서의 일을 철저히 함구"했다는 표현에서와 같이 시에서의 '나'가 겪은 일들은 분명 유쾌한 종류의 것은 아니다. "나는 어둔 방에서 살에 박힌/가시만 뽑았다"라는 말처럼, 상처를 치유하기 위해 '나'는 그늘진 곳에서 고독한 시간을 보내야 하기도 했다.

그럼에도 '나'는 당시를 "새살이 돋는 시간"으로 여기며 "밤을 유난히 좋아한 시절이었다"고 회상한다. 분명 '나'에게 "학교에서의 일"은 누구에게도 전하고 싶지 않은 상처로 다가왔을 터이다. '나'가 그때를 긍정적인 시기로 기억하는 까닭은 상처를 치유하기 위해 '어둔 방'에서 지낸 시간 동안 그 어둠을 피하지 않는 법을 배울 수 있었기 때문이다. 또한 그늘을 마주하고 그 목소리를 듣는 방법을 배우는 시간이었기 때문이기도 하다. 나아가 자신의 그늘을 감추기 위해 세웠던 '담'을 무너뜨릴 수 있는 힘을 마련하였기 때문이기도 할 터이다. 이렇듯 '새살이 돋는' 일은 신체만이 아니라 또한 마음에서도 이루어진다. '나'에게 '화정동'이라는 이름은 단순히 도시 안에 속한 한 장소의 이름에만 머무르는 것이 아니라 자신의 성장을 일구어낸 하나의 상징으로 자리하게 된다.

오성인 시에 등장하는 고장과 도시의 이름들은 어둠과 그늘을 포함하고 있지만 또한 동시에 '나'의 성장과 함께한 기억의 시간들을 품고 있다. 오성인의 시는 '시기동', '화정동', '가음정동' 등 동네의 이름들, 그리고 그러한 고장들을 포함하여 "벌교 순천 정읍 인천 의정부 창원을 거쳐/다시 광주"(「이사」) 등 도시의 이름들과 대화를 나눈다. 이와 같은 움직임들은 '나'의 기억을 한 개인의 주관적 차원에 머무르게 하지 않고 보다 넓은 방향으로 소통을 여는 예비적인 움직임들이기도 하다. 때로는 격정적이고 직설적인 감정을 분출함으로써 위태로운 형식을 드러낼 때도 있지만, 오성인 시의 화자가 사회의 여러 문제를 향해 시선을 던지고 목소리를 높일 수 있었던 까닭은 바로 여러 도시들을 거치며 지내온 시간이 함께했기 때문일 터이다. 워즈워스의 『서곡』에 쓰인 말처럼 "각각의 사람은 자기 자신에 대한 기억이니", 이와 같은 기억들이 오성인 시의 '나'를 이뤄 온 요소들이다. 그러므로 '나'가 거쳐 온 도시들 또한 '나'를 이루는 정체성인 셈이다. 동시에 이와 같은 정체성은 '나'로 하여금 같은 장소를 살아가는 다른 존재들을 향해 눈과 귀를 열도록 한다.

시집에 수록된 '도시' 연작은 공동의 세계를 향한 소통의 노력이자 열망의 표현이다. 이를테면 「도시7」에서의 '나'는 불황으로 인해 닫힌 점포들이 있는 거리에서도 서로 안부를 묻는 이들을 보며 "말은 살아 있으므로 도시는 따뜻하다", "도시를 걷는다 나는/닫히지 않았다"라고 노래한다. 「도시10」에서는 "도시는 소

멸되어도 나는 도시에 있는데"라고 노래함으로써 인
구 감소로 소멸 위기에 처한 지역의 사회적 문제를 생
각하게끔 한다. 오래된 지역과 '혁신도시'의 다름과 같
음을 함께 살피며 지역 간의 교류에 관해 이야기하는
「도시9」와 같은 시도 있다. 「도시2」에서의 "떠나다, 라
는 말은 상호적"이라는 말은 또한, '존재하는 모든 것
들은 서로 의존하는 관계에 있다'라는 표현으로 바
꿔 볼 수 있을 터이다. 오성인 시의 '나'는 자신과 무관
한 것들이 없다는 생각으로 '여기'에서의 문제에 목소
리를 낸다. 자신의 그늘을 가리기 위해 쌓았던 '담'을
무너뜨리기 위해 긴 시간을 필요로 했던 것처럼, 한번
벌어진 관계의 거리를 회복하기 위해선 지난한 노력
이 필요하기 때문이다.

> 어느 사이에 간격이 넓어진 도시는
> 몇 마디 말로 쉽게 좁혀지지 않는다
> 서성이는 마음들이 모여 함께 밥을 먹고
> 흔들리는 목소리로 인사를 건넨다
> 한때 나를 살았던 도시가 흔들리면서
> 멀어지고 있다
>
> —「도시6」 부분

「도시6」에서는 나주에 자리한 남평 정류장에서 광주 진월동으로 향하는 버스를 타야 하는 한 인물을 바라보며 "그가 마음을/놓지 못하고" 있음을 짐작하는 '나'의 노래가 들려온다. "기사 대신/내가 고작 알고 있는 단어 몇으로 알려 주자"라는 말에서 우리는 진월동행 버스를 타야 하는 이는 다른 나라에서 나주까지 온 사람이라는 사실을 알게 된다. 낯선 곳에서 "마음을 놓지 못하"는 그 사람을 보며 '나'는 "이사 온 지 삼 년이" 되었으나 아직 "마음을 두지 못하고/흔들려서 매번" 밥을 태우곤 하는 '네팔 부부'에 관한 기억을 떠올린다. 그들이 밥을 태울 때 '나'는 "어쩐지 오래 알고 지낸 것만 같은 사람들이/생각난다"는 등의 말을 건네곤 하였다고 한다. 물론 몇 마디 말로 간격을 좁히는 일은 쉽지 않다.

'네팔 부부'라 명명된 이주민들처럼 오성인 시의 '나' 역시 흔들리는 마음으로 여러 도시들에서 살아왔을 터이다. 그런데 그런 '나'를 시에서는 도시들 역시 흔들리는 마음으로 살아왔다고 전한다. 그런 가운데에서도 그렇게 "서성이는 마음들이 모여 함께 밥을 먹고/흔들리는 목소리로 인사를 건네"며 살아간다. 비록 지금은 그렇게 "나를 살았던 도시"와 멀어지고 있지만, 목소리를 듣고 밀 건네는 일을 멈추지 않는다면 언젠가는 가까워질 수 있을 것이다. 그런 "서성이는 마음들"을 바라보며 '나'는 마음을 쓴다. 거리를 좁히기 위해서는 부단히 타자를 향해 말을 건네고, 그들의 목소리를 들어야 할 것이다. 이를 위해 시인은 '나'와 타자를 가르고 거리를 벌리는 담을 무너뜨리는 움직임을 끊임없이 이행하려 노력할 것이다. 함께 살아간다는 건 또한 끊임없이 서로 소통하는 과정 가운데에 있음을 이른다. 오성인 시의 '나'는 한시라도 말 건네는 일을 멈출 수 없을 것이다.

이 차는 어디로 갑니까

2023년 7월 10일 1판 1쇄 펴냄

지은이   오성인
펴낸이   김성규
편집   김안녕 한도연
디자인   신아영
펴낸곳   걷는사람
주소   서울 마포구 월드컵로16길 51 서교자이빌 304호
전화   02 323 2602
팩스   02 323 2603
등록   2016년 11월 18일 제25100-2016-000083호

ISBN 979-11-92333-91-5 04810
ISBN 979-11-89128-01-2 (세트)